글 쿄고쿠 나츠히코

1963년 홋카이도에서 태어났습니다. 일본을 대표하는 괴담문학 및 환상문학 전문가로, 독자들에게 천재 작가로 추앙 받고 있습니다. 쿠와사와디자인연구소를 거쳐 광고대리점 등에서 일한 후, 제작 프로덕션을 설립한 디자이너이기도 합니다. 지금도 디자인과 장정을 손수 하고 있습니다. 1994년 《우부메의 여름》으로 데뷔, 1997년 《웃는 이에몬》으로 이즈미교카문학상, 2003년 《엿보는 고헤이지》로 야마모토슈고로상, 2004년 《후 항설백물어》로 나오키문학상, 2011년 《서 항설백물어》로 시바타렌자부로상을 수상했습니다. 그림책으로는 《있어 없어?》, 《우부메》 등 여러 작품이 있습니다. 요괴 연구가로도 이름이 높아 관련 저서도 다수 있으며, 세계요괴협의 평의원, 괴담지괴 발기인, 고전유희연구소 카미마이(종이유령) 회원 등으로 활동하고 있습니다. 하드보일드 작가 오사와 아리마사(大澤在昌), 미스터리 작가 미야베 미유키(宮部みゆき)와 함께 세 사람의 성을 딴 사무실 '다이교쿠구(大極宮)'를 만들어 활동하고 있습니다. 공식 홈페이지 〈다이교쿠구(大極宮)〉 www.osawa-office.co.jp

그림 마치다 나오코

1968년 동경에서 태어나 무사시노미술대학을 졸업했습니다. 출판 일러스트레이터로 활동하며 그림책 《이름 없는 고양이》, 《있어 없어?》 등에 그림을 그렸고, 쓰고 그린 책으로는 《고양이 손톱과 밤》 등이 있습니다.

엮음 히가시 마사오

1958년 가나가와현에서 태어났습니다. 선집 작가 및 문예평론가로, 〈환상문학〉 편집장과 괴담전문지 〈유(幽)〉의 고문을 역임하고 있습니다. 《도오노모노가타리와 괴담의 시대》로 제64회 일본추리작가협회상 평론 및 기타 부문을 수상했습니다. 편찬서로는 《문호괴담걸작선》, 《귀여운 검은 유령 미와자와 겐지의 괴이한 소품집》, 감수서로는 〈괴담 그림책〉 시리즈 등이 있습니다.

옮김 김수정

대학에서 철학을 공부하고, 대학원에서 광고디자인을 공부했습니다. 우리나라 최초 그림책 전문잡지 〈그림책상상〉의 편집장을 지냈습니다. 지금은 그림책에 푹 빠져 지내는 그림책 기획자로 활동하고 있습니다. 나누고 배려하고 함께 가는 그림책의 독특한 매력과 한눈에 반할 아름다움을 널리 알리는 꿈을 꾸고 있습니다. 쓴 책으로 《세계 문화가 담긴 다른 그림 찾기 1, 2》, 《심부름 말》이 있으며, 옮긴 책으로는 《아빠의 브이 사인》, 《숙제 헌터! 숙제를 부탁해》 등이 있습니다.

강물 저편은 차고 깊다

초판 1쇄 펴낸날 2021년 4월 20일

글 쿄고쿠 나츠히코   그림 마치다 나오코   엮음 히가시 마사오   옮김 김수정
펴낸이 김도연   펴낸곳 필무렵
편집장 김태연   마케팅 김동호   꾸민곳 디자인 su:
주소 경기도 고양시 일산동구 호수로 672, 1524호
전화 031-976-8235   팩스 0505-976-8234   전자우편 kiwibooks7@gmail.com
출판등록 2021년 2월 10일 제 2021-000034호

AZUKITOGI
Text copyright © 2015 by Natsuhiko Kyogoku
Illustrations copyright © 2015 by Naoko Machida
Supervised © 2015 by Masao Higashi
First published in Japan in 2015 by Iwasaki Publishing Co., Ltd.,
Korean translation rights arranged with Iwasaki Publishing Co., Ltd.,
through JM Contents Agency Co.
Korean edition copyright © 2021 KiwiBooks

이 책의 한국어판 저작권은 JM 콘텐츠에이전시를 통해 저작권사와의 독점 계약으로 필무렵(키위북스)에 있습니다.
저작권법에 의해 한국 내에서 보호를 받는 저작물이므로 무단 전재와 무단 복제를 금합니다.

ISBN 979-11-973869-1-6   07830

• 책값은 뒤표지에 있습니다.
• 잘못된 책은 바꾸어 드립니다.

여름방학 동안 시골에서 지내기로 했어.
여긴 뭐 아무것도 없구나.

벌레.
풀.
돌.

우거진 숲.
시원해 보여.
산은 꽤 높구나.

강.

강이 있잖아!
깊을까?
헤엄치며 놀 수 있을까?

물고기도 있을까?

사박사박사박사박.

"할아버지, 저 오늘 강에 갔었어요."
"그래, 강에 다녀왔구나."
"강에 물고기가 있어요?"
"아무렴. 그렇고말고."
"헤엄치고 놀아도 돼요?"
"그건 안 된다. 강에 들어가는 건 위험하니까."

"많이 위험해요?"
"강은 수영장이랑 달라. 물살이 세고 못은 엄청 깊고 차갑단다."
"못이 뭔데요?"
"깊이 파인 웅덩이에 물이 고인 곳 말이야. 빠지면 나올 수 없어.
그러니까 강에 들어가면 안 된다."

"거기에서 이상한 소리가 났어요."
"산에서는 원래 이런저런 소리가 나는 법이지."
"사박사박사박하는 소리도요?"
"아, 그건 요괴가 팥 씻는 소리야."
"요괴가 팥을 씻는다고요?"
"그래, 그런 요괴가 있어. 강에서 팥을 알알이 세며 씻는 거란다."
"왜요?"
"글쎄다. 아무튼 그 소리가 들리면 깊은 못으로 밀려 빠진대."

"물에 빠질 수 있으니까 조심하라고 만든 미신이란다."
"미신이요?"
"그러니까 요괴 같은 건 없지요?"

요괴 따위 없으니까
조심하면 되지 뭐.

팥을 셀까
사람을 잡아먹을까
사박사박사박.

물에 빠질 수 있으니까
조심하라고 만든 미신이란다

이 그림책은 일본을 대표하는 괴담문학 및 환상문학의 일인자로 일컬어지는 쿄고쿠 나츠히코가 글을 쓴 것입니다. 쿄고쿠 나츠히코의 작품이 사랑받는 이유는 터무니없이 자극적이기만 한 것이 아니라 오랜 연구와 조사로 다진 민속학(특히 요괴 및 괴담문학)의 지식이 탄탄하게 그 밑바탕을 이루며 납득할 만한 현실감을 갖추고 있기 때문입니다. 이 책 역시 일본 민속 옛이야기로 일본 전역에서 전해지는 요괴 '아즈키도기(팥 씻는 요괴 또는 팥 세는 요괴)'에 대해 담고 있습니다. 하지만 옛이야기를 재구성하여 보여주거나 자세히 언급하지는 않습니다. 요괴의 사연을 구구절절 소개하는 대신, 지금 이 시대에 사람들과 함께 살고 있는 요괴로 되살려 그 의미를 되짚어 보고 있습니다.

만약 이 책을 읽고 '기분 나빠. 찜찜해. 정말 요괴가?'라는 생각이 들었다면 작가의 의도가 제대로 맞아떨어진 것일 수도 있습니다. 그것은 아름다운 동화의 원형이 알고 보면 매우 잔혹하다는 사실 그리고 '전설의 고향'에 나올 법한 우리 옛이야기도 엄청 오싹하고 무섭다는 것과 같은 맥락입니다. 우리가 살고 있는 세상에는 굳이 요괴 따위를 들먹이지 않더라도 끔찍한 사건 사고가 끊임없이 일어납니다. 현대에는 발달한 과학 지식과 기술로 그 원인을 규명하고 수습할 수 있지만, 달에는 토끼가 살고 있다고 굳게 믿었던 옛사람들은 어땠을까요? 귀신이나 요괴가 아니라면 도저히 설명할 길이 없는 일들이 많았을 것입니다. 물론 지금도 사고가 나지 않도록 미연에 방지하는 것이 더욱 중요하겠지요. 아마 예전에도 마찬가지였을 것입니다. 귀신의 소행이든 아니든 특히나 호기심 많은 아이들을 경계하기 위해서는 가장 효과적인 방법이 필요했을 것입니다. 바로, 아주 오래전부터 삶의 지혜를 전하기 위해 만들고 덧붙여지고 전해 내려온 '이야기' 말입니다. '물에 빠질 수 있으니까 조심하라고 만든 미신이란다.'라는 할아버지의 말은 '이야기' 속 상징과 그 실체, 숨은 의미를 읽어내는 재미와 지혜를 잃지 말자는 메시지 아닐까요?

— 편집부